오늘 나의 하루 기록하기

_____ 년 ____ 월 ____ 일 (____ 요일)

오늘의 날씨

오늘의 기분

한 일	

먹은 음식	아침
	점심
	저녁

만난 사람	

오늘의 생각 씨앗	아래 초성이 들어간 단어를 5개 이상 적어보세요!
ㄱ 예) 가지	

1

 오늘 나의 하루 기록하기

_____ 년 ___ 월 ___일 (___요일)

오늘의 날씨

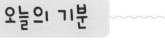

오늘의 기분

 한 일	
먹은 음식	아침
	점심
	저녁
 만난 사람	

오늘의 생각 씨앗	아래 초성이 들어간 단어를 5개 이상 적어보세요!
ㄴ 예) 나방	

 # 오늘 나의 하루 기록하기

_____년 ___월 ___일 (___요일)

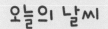 오늘의 날씨

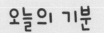 오늘의 기분

 한 일

먹은 음식

아침
- -
점심
- -
저녁

 만난 사람

오늘의 생각 씨앗	아래 초성이 들어간 단어를 5개 이상 적어보세요!
ㄷ 예) 다리	

 오늘 나의 하루 기록하기

___년 ___월 ___일 (___요일)

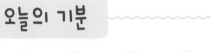 오늘의 날씨

 오늘의 기분

 한 일

 먹은 음식

- 아침
- 점심
- 저녁

 만난 사람

오늘의 생각 씨앗	아래 초성이 들어간 단어를 5개 이상 적어보세요!
ㄹ 예) 리본	

✏️ 오늘 나의 하루 기록하기

_____ 년 ___ 월 ___ 일 (___ 요일)

오늘의 날씨

☀️ ☁️ 🌧️ 🌨️

오늘의 기분

😍 😊 😲 😬 😢

한 일	

먹은 음식	아침
	점심
	저녁

만난 사람	

오늘의 생각 씨앗 아래 초성이 들어간 단어를 5개 이상 적어보세요!

ㅁ
예) 마음

 오늘 나의 하루 기록하기

_____년 ___월 ___일 (___요일)

오늘의 날씨

오늘의 기분

한 일	

먹은 음식	아침

	점심

	저녁

만난 사람	

오늘의 생각 씨앗	아래 초성이 들어간 단어를 5개 이상 적어보세요!
ㅂ 예) 나비	

6

✏️ 오늘 나의 하루 기록하기

_____ 년 ___ 월 ___ 일 (___ 요일)

오늘의 날씨

오늘의 기분

한 일	

먹은 음식	아침
	점심
	저녁

만난 사람	

오늘의 생각 씨앗	아래 초성이 들어간 단어를 5개 이상 적어보세요!
ㅅ 예) 소나무	

✏️ 오늘 나의 하루 기록하기

_____ 년 ___ 월 ___ 일 (___ 요일)

오늘의 날씨

☀️ ☁️ 🌧️ 🌨️

오늘의 기분

😍 😊 😮 😬 😢

한 일

먹은 음식

아침

점심

저녁

만난 사람

오늘의 생각 씨앗

아래 초성이 들어간 단어를 5개 이상 적어보세요!

ㅇ

예) 오이

 오늘 나의 하루 기록하기

_____ 년 _____ 월 _____ 일 (_____ 요일)

오늘의 날씨

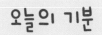

오늘의 기분

한 일	

먹은 음식

아침	
점심	
저녁	

만난 사람

오늘의 생각 씨앗	아래 초성이 들어간 단어를 5개 이상 적어보세요!
ㅈ 예) 죽, 주머니	

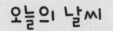 오늘 나의 하루 기록하기

_____년 ___월 ___일 (___요일)

오늘의 날씨

오늘의 기분

한 일 	
먹은 음식	아침 --- 점심 --- 저녁
만난 사람 	

오늘의 생각 씨앗	아래 초성이 들어간 단어를 5개 이상 적어보세요!
ㅊ 예) 추첨	

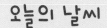 오늘 나의 하루 기록하기

_____년 ___월 ___일 (___요일)

 오늘의 날씨

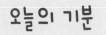 오늘의 기분

한 일 	
먹은 음식 	**아침** --------- **점심** --------- **저녁**
만난 사람 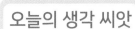	

오늘의 생각 씨앗	아래 초성이 들어간 단어를 5개 이상 적어보세요!
ㅌ 예) 매운탕	

11

✏️ 오늘 나의 하루 기록하기

＿＿＿년 ＿＿월 ＿＿일 (＿＿요일)

오늘의 날씨

오늘의 기분

한 일	

먹은 음식	아침
	점심
	저녁

만난 사람	

오늘의 생각 씨앗	아래 초성이 들어간 단어를 5개 이상 적어보세요!
ㅍ 예) 파리	

 오늘 나의 하루 기록하기

_____년 ___월 ___일 (___요일)

오늘의 날씨

오늘의 기분

한 일	

먹은 음식	아침 _____ 점심 _____ 저녁

만난 사람	

오늘의 생각 씨앗	아래 초성이 들어간 단어를 5개 이상 적어보세요!
ㅎ 예) 항아리	

✏️ 오늘 나의 하루 기록하기
____ 년 ___ 월 ___ 일 (___ 요일)

오늘의 날씨

오늘의 기분

한 일

먹은 음식
| 아침 |
| 점심 |
| 저녁 |

만난 사람

오늘의 생각 씨앗 — 아래 초성이 들어간 단어를 5개 이상 적어보세요!

ㄱㅅ
예) 고수

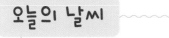 오늘 나의 하루 기록하기

_____ 년 _____ 월 _____ 일 (_____ 요일)

오늘의 날씨

오늘의 기분

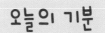

한 일	

먹은 음식

아침	
점심	
저녁	

만난 사람

오늘의 생각 씨앗 아래 초성이 들어간 단어를 5개 이상 적어보세요!

ㅅㄹ
예) 사랑

✏️ 오늘 나의 하루 기록하기

_____ 년 ___ 월 ___ 일 (___ 요일)

오늘의 날씨

오늘의 기분

한 일	

먹은 음식	아침

	점심

	저녁

만난 사람	

오늘의 생각 씨앗 | 아래 초성이 들어간 단어를 5개 이상 적어보세요!

○ㅅ
예) 옥수수

오늘 나의 하루 기록하기

_____ 년 ___ 월 ___ 일 (___ 요일)

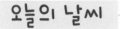 오늘의 날씨

오늘의 기분

한 일 	

먹은 음식	아침
	점심
	저녁

만난 사람 	

오늘의 생각 씨앗	아래 초성이 들어간 단어를 5개 이상 적어보세요!
ㄱㅇ 예) 고양이	

✏️ 오늘 나의 하루 기록하기

_____ 년 ___ 월 ___ 일 (___ 요일)

오늘의 날씨

오늘의 기분

한 일

먹은 음식

아침	
점심	
저녁	

만난 사람

오늘의 생각 씨앗	아래 단어를 시작으로 끝말잇기 5개 단어를 적어보세요!
간식 예) → 식사	

 # 오늘 나의 하루 기록하기

____ 년 ____ 월 ____일 (____ 요일)

오늘의 날씨	오늘의 기분

한 일 	
먹은 음식 	아침 -- 점심 -- 저녁
만난 사람	

오늘의 생각 씨앗	아래 단어를 시작으로 끝말잇기 5개 단어를 적어보세요!
친구 예) → 구두	

✏️ 오늘 나의 하루 기록하기
____년 ____월 ____일 (____요일)

오늘의 날씨
☀️ ☁️ 🌧️ ❄️

오늘의 기분
😍 😊 😮 😣 🥺

한 일	

먹은 음식

아침 ----------------------------------

점심 ----------------------------------

저녁

만난 사람

오늘의 생각 씨앗	아래 단어를 시작으로 끝말잇기 5개 단어를 적어보세요!
두부 예) → 부자	